Jean-Claude Loiola

Lesemuffel

Für Leute, die nicht gerne lesen

Dieses Buch besteht ausschliesslich aus leeren Seiten. Auch geeignet als Lesepause.

ISBN: 978-3-7323-2937-3 (Paperback)
ISBN: 978-3-7323-2938-0 (Hardcover)

WIDMUNG

INHALT

FSC
www.fsc.org
MIX
Papier | Fördert
gute Waldnutzung
FSC® C083411

Zeitfracht Medien GmbH
Ferdinand-Jühlke-Straße 7
99095 Erfurt, Deutschland
produktsicherheit@kolibri360.de